我的钥匙没有离开我

菜马 著

长江出版传媒 | 长江文艺出版社

菜 马

原名马桃英，曾用笔名马英，自由职业者，
定居广州。劳作，写诗。

目　录

茶 杯

近日我将"杯子" 这个词语的
使用范围缩小
直接定义为茶杯。
我关注雨水多日时天空中
的乌云中间藏起
一个白洞
这个时节不适宜喝茶

酒水都僵持在瓶子里。
我的心中有时候无法到达
明亮，只因上个季节
春日盎然时
陈年的茶叶兴奋
印象中的春光召唤来他
踏春的足印，面对诸花香
通常是
我清洗杯子
他清洗茶叶

2018 年 8 月

怀 念

怀念一个人
有时候看着他饮用过
的杯子
也就心满意足了
如果他太久不来
我可以直接拿着他饮用过的
杯子去泡茶

当滚烫的杯子慢慢降至
大约三十七度时
茶杯边缘的泡沫彻底消失，
我才问出来：
亲爱的，
需要再来一杯吗？

而这时我听见
我内心有一种意念升起
就是另一只瓶子
也做过我的茶杯

瓶子也有不能自拔的时候
并带着我的"不能自拔"
曾装满茶水上山去!

2018 年 8 月

茶叶会醉人

你说喝茶时的好心情
来自杯子表面的图案
最好是一种你叫不出
名字的花
或者你弄不懂的
几何体塑过的杯身
那样
你选择刚好对应的茶叶
茶叶的深奥
对于那只杯子来说

那一日，他对你的帮助是
提醒：
只因茶叶会醉人
也会累人

你一口气喝下十八杯
茶水
他也不会来看你
你嚼碎十八片茶叶

他只当耳朵在兜风
甚至于你说你想他
他说他绝不会到来

他又似乎在补充协议中申明：
你是他的菜无疑
但你不应该是
马

2018 年 8 月

否 定

选择一只简单一点儿

静色一点儿的杯子吧

你明白的

有时候

一种颜色足以

渗透一种精神

所以你喝茶的时候

还在坚持否定

你说：

轻松的时候喝茶

杯子走向你的主体

茶叶通过你的客体

当你带着明亮的心情去饮茶

你留在杯子上的唇印

也就特别鲜明些

回忆起一个人来的时候

心底里的喜悦安静些

2018 年 8 月

打破常规

我喜欢喝你没有喝完的茶
反复掂量那只杯子
想想一些事情
一些日子的开头
缘分是对应了什么
需求而到来？
或者说就只是那么一撞
就像一百度的开水
离开壶
还有一百度
一下子就撞开了茶叶

我的唇一直坚持住一种
倾向
那就是
如何靠向你的唇最近
并坚持相信有一种
茶独特的味道是
撞开的
你说不喝不行

我说什么都行

2018 年 8 月

唇边的花与肉

将思念说得活起来
活跃几分钟
就在一杯茶加上两杯茶的
事情里
那几分钟足够一朵花开的
时间，足够一朵花
在特定的时间清醒

注视一种最耀眼的时间
我看着你喝茶，从不想看
你喝酒
你喝茶时

嘴唇是肉也是花瓣
牙齿是两排整齐的花蕊
当你喜好上喝酒时
贪艳浓汤

杯子上两片浮动的

嘴唇是带皱的枯叶

2018 年 8 月

文峰塔

东风还没有到来
西去的流水正在与
鱼决裂
只有塔一直在观摩
揣度着春风几时吹……

牛的凝视加上羊的
凝视
足以安慰西去的流水
藤萝支持着静塔
的言论

我可以长久地保持
严肃
寂静
缄默不变
塔

接受万物嘱咐的塔
在你的身旁

我像一个婴儿滚动

我没有诗歌可以吟
只看见了一片羽毛
以及，返回豆田的
我的母亲，带着
年轻时的微笑

2017 年 9 月

凤二村

木薯架连着丝瓜架

紫薯在地里翻滚

龙眼与荔枝就近进了

烤箱

粉柿只需要三天便可以进

果仁铺

一进入凤二村便看见马路边的

梯形水稻田

稻田被泉水绕颈

的田间路叫作

小迳径

被果树包围的山丘叫作

开花谷

桉树丰茂

在纸厂成林

在凤二村我看见

两个阿凤

和一条条荔枝街

荔枝树身均形成拐杖，但绝无

垂死的迹象

2021 年 5 月

地球之门

那一年春天深耕

地球之门打开

掳走了年轻的舅父

舅母跟着道士要

舅父

一条河渠的鱼都死光

泥鳅一年没有繁殖

我随着一头牛走近了

一条永不回头的江

母亲用哭声唤来了"一

条绿色的蛇"①，我的十一岁

没有花裙子

母亲与表哥的哭声恸天

我爱上的花布裤里藏着

棉花

———————

① 母亲中的"一条绿色的蛇"指母亲曾在蛇年因为在田野间劳
累过度而小产。

棉花里隐藏着牵牛星

母亲

我曾用幼稚的童声祈祷过

地球之门快快关上

舅父的坟墓不要用铁钉

闩上

诅咒月黑之夜地心荒凉

当"地球之门" 每

打开一次

齐刷刷的阴霾的光

照着月亮的下身

月儿疼痛五个七天

地心的引力催死了

无数头

拉磨的驴

地球之门快快滚开!

这世上第一位

曾叫我想念的

十一岁痛失父亲的

少年是，比我大一岁的

我的表哥

1999 年 5 月

母　亲

母亲的命运安排她的
眼泪飘成下作的雨滴
她五岁开始守着她
心上的坟，她的父亲
冰冷的身体

我曾用懵懂的五个五岁
折磨她
我就是那么要哭

哭得那田野里的
豌豆荚接受鸟粪
哭得天空容不下大地
哭来冬天的漫长
齐腰深的厚雪
哭得大地屡次背叛天空

哭得鸟儿承认她的一生
只为觅食
哭动那惺忪

的泥睁开眼睛，我要哭

母亲，只因您从未给我一
匹完整的红布
我与生俱来的疼痛醒着

我要哭走那未曾出生
的弟弟的亡灵
我害怕他骑在你的头上
乍现新月，月儿不满时，
你种下的芝麻绊倒
都绊倒你
我曾多么害怕芝麻花葬了
你

四十五年了
弟弟他就那么坐在
我的头上
我用我喜欢的红布匹
为他缝制了无数条红领巾

1999 年 5 月

他们不满意的午餐味道

有人在地上蹭地板
和猫一起
对不满意的食物
的到来发横
连续直击餐厅

直到桌腿被啃毁
餐厅被踢毁
他们蹭掉了雨水
蹭掉了太空中的
植物面包
蹭掉了人类的馒头

他们已经吃惯了
星云的味道
煎饼果子纹满沙拉的
臭虫味道
芥末辣死你的味道
将香葱早扔了

他们赞美

煎饼果子纹满沙拉臭虫的味道

拉着猫一起

哭着

喊着

要改变基因的味道

他们不满意现有的午餐味道

追踪紫色

紫色分拣紫色
紫色包围紫色
紫色中慢慢渗进了
红与黄
之后是红与黄的对称

紫色一口气营造出成功的
我，在一大片百香果基地

紫色心甘情愿地隐退
紫色丢弃了问号
紫色丢掉了尾随者的
追踪，紫色追捕着我

在上午十一时
紫色紧紧地抓住了我
我的果实吸纳了最强的光而
身价百倍

紫色在消失时，仅仅

只有一次

面对虚构

与

讲究风水的人约定

紫色烧毁了我

我无话可说

紫色追踪着我

蓝色接踵而来

我看见一种百香果

由红色

变成紫色

慢慢渗透进我

的生活中来，用紫色

慢慢压迫我的嘴唇

用另一种味道给我的精神

一个错误的结论

紫色奢迷，我与紫色较量

跟随海水追上了星辰

带着惶惑

带着可乐

带着黎明

带着被风吹散的云

2021 年 5 月

蓝色一定要靠近我

现在我拿不了一支
蓝色粉笔
拿着一根荔枝杖指着
大海的方向。
我不走动，
此时的大海仍然是蓝色，
我不大声喧哗，
大海的液体只能是蓝色

或者我尝试拿着一支
蓝色的圆珠笔，
从现在开始起否定我
八岁时的那只漏着
蓝墨水的英雄牌钢笔。
还有充分的时间，
傍晚仰望天空，
我还能解释

蓝色之谜
就是那个蓝色，

那个似乎要躲进
强光与氦气中的一种颜色
它抱着我抢先跃
进它的联盟里

正在
解释一种表现、一种规则
一种来自天空中的偶然
的必然性
在过去和未来的时间里，
与众多的色彩烧成一体，
也包括了

船长，
船队，
还有帆以及
一名深海区的潜泳者，
都是蓝色

2021 年 5 月

幽会小迳径①

漱口水刷新

一天的记录

牙齿从咀嚼绿色开始

获得新意

万物都是我的宝贝

我有言在先

没有物可以拒绝我

当我来到开花谷

跃进

小迳径

植物以强绿释放光彩

泉水以追思加强敏感

植物中的人正被植物

呵护

它们与他们的倾诉都是

---

① 小迳径为广州市一个工匠小镇试验田种植园区。

我的答辩
我仍是借以人的
名义重新来到
被饲养的动物间漫步

牛再不被倦土所逼
在柿子树封山的
水库边歇息
几只野兔的噪声和
斑鸠摩智的声音
悦耳动听

水库第一季稻花飘香
山谷里的泉水便鸣着
谷歌
又一季的荔枝菌
带来

了果园的新魂
我的倔强也一直都在

我强调桂树述职
梨花不要游荡

牵牛花只开一半

就好了

我命令离开黄昏的我

紧贴小迳径，不得潜返

2021 年 5 月

一只苹果跟着我

1

一只静立于桌面的苹果
动了一下
我指着我的心，吭了一声
学校的广播刚刚播放完了
早操的音节
第一节课的铃声响起
工地上的噪音跟着切割
空气

2

我开始追赶我自己
我被操场上的噪音
赶出了门
另一个在沙发上坐着的
是一位很久没有归来的
人的影子

她的影子也

被噪音钉在了门上

她只有展开早祷

晚祷的安排仍是

通过一个面包

3

阳台上的光移动得缓慢

比起向北奔驰而去的轮胎

我的心里产生了未知的方向

而你就住在未知的方向

对一百个人说反对我的假话

对一个轮胎说你最爱我的真话

说如果要是见你

就是最痛苦的话

我今生要不要与你睡

在一个床上

说一大袋子关于南瓜子

和细芝麻的话?

说着说着就将你抱紧

"直到听见你耳鸣" 的瞎话?

4

我肯定过我的心理年龄
当我走过一群排着"一"
字队举着手舞蹈的
大妈们
我觉得她们在举着
日子
我的心里阴影无常

5

众多的时候
我就跟着眼前那些飞奔的
大货车去了
大货车被装卸工敲打。
装卸工
踩着货车尾厢
的尾部咚，咚，咚
咚，咚，咚地砸向装卸工
也是苹果的咚，咚，咚

6

一只塑料苹果在我的桌面

静立了三十年

也就是同一个桌面

我后面又补充了无数个

新鲜

肉质的苹果能够说明什么？

对着佛尊

我犯过的不可饶恕的错

是不是选择在这个白天

敲打我的皮肉？

如果是

我今天愿意接受

一片分散的

云为我送来

安慰我的紫衣

7

我要说什么？

对着一尊从未开口的佛像？

那些常年摆好的祭品

"她" 吃我也吃

当我虔诚地向"她"

询问我的近况的时候

总是"她" 先点完头

我再摇摇头。

8

日子没有腐烂

我让我闲暇时种植的那些植物

日日坚持生长

它们看着日子

我看着它们

当我们的感情浓烈

到失去支撑的时候

我们选择看着土里面

掩藏的沙子

我要说什么而不被有

秩序的日子排列颠倒?

我带着对万物的认知

重新否定现实

我对我的要求也

是我神圣的

那就是

我必须要以植物中

的荫蔽为家

并长久地宅下来

将行走当作靠近

走一百步不许回头

9

有时候

容许我吃下一个苹果的

不是苹果本身

也不是我的牙齿

是一个处于"亚健康的"

我在访问

健康的我

苹果反复暗示我

不必重设诡谲的论坛

去过多地谈论长短

兼谈论死亡

10

对于祭品橘子

橘树永远那么高

橘树又一点儿也不高

我总是想从九楼的阳台上

跳下去

我的房号是 003

空中飘来的佛音暗示我：

心里不爽时

翻个跟斗就好了

11

我住着我年轻时买下

的房子

我年轻时允许我的阳台

对着山

现在我才知道

那座山对着我的意义。

十二年了

它一直给我一个命令

的暗示

一直为我布施

说我就是那一位"西西弗"

今日，我安排好了

一日三餐

准备下午四时低头

平静地走

向我的长草也长菜

的果园

12

爱情是个什么东西？

我的生物专家用年龄将

"它" 赶出去

我在群星闪耀的夜晚

摇摆过

啃过月亮的骨头

现在

没有受伤

重新理解幸福也
像受伤一样
一动也不动

13

我带着一只苹果理解的
"幸福",从早晨走
到晚上
走到一位生物专家的
卧室里
专家说我不是他
要死的妻子
是外面那挣扎的红日光
白月光

我曾向着理想挪动
期望总是无限值地扩大
它总是要求深爱的两个人
一定要深刻交换属于
彼此的小世界
交换两颗心灵里
永久钳住的密码。

我爱你

历史的瓦

永呈仿古的青灰色

你不必反击厚沙

求证于沙漠里的

千岁兰和野沙棘

14

今日下午四时是凶时

一个吉祥的属相离开

黄道吉日

去亲土

土会觉得疲倦

犯太岁的三百六十天

日日都是"刑天"

我的果园加上菜园

和草地

是空中的二十年

是一亿平方米的大跑道

15

我购买的每一个苹果

都留下我的唇印

和我的抚摸

我的一只手的

五指印指着一位

新来的助手

他两只手加起来

只有九个指头

我下一次准备

购买一个因为熟透

而裂开的苹果

我庆幸

我还能正面抓住

一根套住我精神

运动的绳索

证明我的纯真

和不死瞬间冲出

被疯牛紧逼的枷锁

16

夜未动

夜努力展现着一个具

有象征意义的湖
风吹树影等于风吹湖影

临渊早换了说法
换了太太先生女士的说法
渊里有死亡之前的影子呈现
我只面对此生的湖水

写风吹树林
的绝非你一人
写临渊不是临渊
的你在佶屈聱牙

湖从高处落下来
企图撕碎夜的衣裳
我回向高原
说出我的
不死之谜

我爱我亲手种植的
老树果
我仍有情话绵绵
只是不说

我通过劣质的
果实追捕善良的
优质并对万物
至以谢忱。

17

秋风吹不乱我的发
我回忆四十年前我
在田野上的第一次流浪
我第一次接到父亲手中
递来的苹果
我用刚刚学会的汉语句子
问父亲：烟台还是广西？

父亲从不正面回答我的问题
仍掷以军人的威仪说：
都是远方的证据
包括我都是
沼泽地里蠕动的虫子
附着他腿上一块块
被热带水草汁腐蚀的肉
带回了湖底

在此生成为
精神的贵族

18

我零乱的几根发丝
留在田野上了
有几根在泥鳅洞里
缠住了泥鳅的身
直到今天
还有众多的泥鳅自洞中出来

游向我的梦
可是河流变了
地图上也没有更明确的标识
我的脑海里只有一个版图
在梦中
泥鳅的家是我的家

19

万物还在等待我做什么？
我还应该为万物做什么？

当我行走在深夜

当我可以听到自己的

脚步声

我是否应该抓紧一物追问：

过去的无数个三月没有

指望

现在

宁静的风声是否直达永远？

这夜晚的风声可不可叫作

大地的鼾声？

20

我爱在深夜从门里往门外

探一下

继而绾好我那不愿

弯曲的发

母亲

我确有一个习惯

爱在深夜里飞奔

直到把深夜扔了

母亲

您知道我在找什么吗？

我在找您生下我时剪掉

的那一撮胎毛

控诉死亡已经缔结

与蛛丝联盟

21

我的血液以流动的

状态抽掉了我的丝

我经常看见苹果肉里有

我的发丝

我常常怒不可遏

对着苹果质问：

你难道是要将我推向你的

树身？

将我活活吊死在

你的树下？

22

我从不赞成苹果成为

苹果醋、苹果酱

苹果在坛子里闷热，

直到发烧毁去了肉体

容器有时候那么狰狞

23

你在喝酒时不要倒下酒

不要屡次招惹杯子

你惯于赞扬瓶子

那现在

请你去抱着瓶子

去将瓶子培养成一个孤独的

容器

24

光滑地现身

瓶子

你在凌晨四时出生

你体重不过四斤

那现在，我借紫气为你塑身

赊来一条河流的水

够不够？

做你此生需要的酒？

25

将瓶子送给苹果

将瓶子配给苹果

苹果与瓶子"逗哏"

我邀来为我熟透一世的

苹果

但是吃不饱肚皮

肥胖教我越吃越饿的理论

母亲

此生我无法还清对苹果

的情意

现在

请您将我命名

为苹果吧

26

桃子太小

如果有来生

我愿苹果为我开门

我祈祷我两世只有一位母亲

我出生时我的头比苹果稍大
给母亲带来终生
的痛苦
随我而降的那个胞衣
应该是喂了村头的那只
白鼠

2017 年 8—9 月

蝴蝶去到了深处

树叶中的新奇照亮
晌午的恐慌
蝴蝶以翅为脚
不飞的时候
它在静中要开始仙女跳

它以不同的角度
一伸一缩
一飞一灭地等待
另一只蝴蝶的不请自来

蝴蝶的胡子倡导着
她翩跹
不对称地抬高一次
它的眼睛格外一亮
它的目光电击了
它的神经中枢
它去到另一处
嗅嗅又

承诺了旧处

它一时的孤独

在草丛里产卵

它闪动的双翅如维和的

旗帜

它要我靠近它爱

不要用新枝和

快要成泥的

鲜花

折磨它

它多次用微跳示证

它的感知与理性相互冲击

形成的重大事实。

它最后择了一处墙角

它的智慧累了

它要对着墙开始演讲

它明白花园并非

长留之地

园丁是人类的园丁

自由是理想之神
墙角的藤蔓张开的打算

欲望被贬的低处
灵魂缥缈
在无风无光处
舞蹈
妖娆

2017 年 8 月

云在叫

夜深了
蛙鸣在滩涂
岸边的树影模糊
路灯的光命令车灯
在模糊的树影中穿行
如蛇皮沉浮。

路灯始终是
忠诚的臣子
它不配合云
对夜晚发出叫声。
我沿着一条马路散步
看见毫无生机的夜
与之结党只有几块
棱角分明的团云

跟着我在我的头顶
预示着祥与不祥
都是同一片云
大小刚好相等

面目笑容相等。

我没有作答也
没有归去的意思
认定一条街没熄灭的窗灯
照耀的都是
我的家
家里主人无数
形形色色
踢跳弹唱
比比皆是云在叫

大量
大马路叫来大量的货车
在深夜里消失过后
不准备回来
与擦肩而过的人决绝
用尾气打招呼

我要佯装不识
去数一条马路的
路灯
去唤醒心底的那位

值得唤醒的
久寐的人

云开叫：
回去吧
归来吧
货场的货车趁
夜色迷乱劫货
不再掉头

车轮下的尘已经飞起来
也正好，进一步告诉你：
能够飞起来的灰
大于移动的尘！
灰大于尘
尘大于土的事实

2017 年 8 月

通过土

通过士
通过泥沙俱下的
下午
刀与砧板一起丢失
你的舌不进食
因为渴望一个人
你的舌
在舌苔里跳着转不动的
冰舞
你注视着土跟着

你用土的沉默打击着
你自己
你用土的厚重虐待着
你自己
你至少有十五年没有
抬头
看过天
没有肯定与否定天上的飘流
土上的土物

只有通过土你看见

白云成堆空虚成堆

白云无助

白云失去家庭

白云飘成白雨无助之后

白云飘成白冰在空中倒下来

之后

白云瓦解在冰花里

又抱着冰花之后

与冰花成为一体

又在解体之后

你的白云不成为白云

白云在哭

要泥土扶住

白云在哭号召着土在哭

通过土

爱上土

爱上无助

爱上无助时不断扩散的内虚
以及冰冷的空气蜘蛛

2020 年 8 月

通过土

通过土
通过植物
我安慰你爱哭的手
爱抹眼泪的手
你吃着绿色的面食
进行绿色的种植
在午餐中进行你最爱
你看好的午餐。

煽动勺子认认真真地听
一段女人的故事
从土上摔下去
又从土上站起来的故事。
你听
你扒开了铁锈镍铬的牢笼
仍青春满面
健步如飞地踢着石子
吃着柔肠一碗

通过土

你看不见他人

撕下天边的

软弱而又充满硬性的虹

2020 年 8 月

通过土，通过雨

通过土，通过雨
我看见土在雨里稀里
哗啦
我看见土在大雨中用
水证明自己的天性
土一层一层地离去，
离开蔬菜的根

这种时候我喜欢站出
来
安慰蔬菜也为了我的
来自土里的
"利益"，我选择暂时地
和稀泥
把被雨水冲开的土再次
扶回菜根
翻出天气预报中的晴天，把
被雨水渗透过后变得死板的土
再松动一遍。
一场雨的事情也就那么过去

了

通过土，我将我生活中的
垃圾情绪
掩埋在土里，
我获得珍贵的内存
在土上走过时间
通过土，通过季节的轮回
我坚持秩序，
信任秩序带来的无罪感

通过土，我回到了土里
我再次运行我日常中的难
题
我坚持信任泥土像诗写
时信任词语
只是我没有告诉泥土
当光

当敏感的光渗透进我的
蔬菜渗进蔬菜里的泥土
时
我也有惭悔之意

我将畲田熟透的香蕉喂远行的
乌鸦

我长年写一首关于土的诗
把一首诗写在香蕉树
三代同堂
的大小不等的蕉叶上
我将一首诗歌越写越模糊
指出时间像一头疯驴
从不停歇

泥土上的植物那么丰盈
泥土那么执拗
田埂上的野树枝上
那么多蛛网
蕉叶的顶端
那么多空巢

通过土，我认识到
我为我在泥土中犯下的
错
而不知所措

而真正的我是沉睡式的
并无喧嚣躁动的能力
是不倦的土
在张罗一个世界

我理解土
我通过我眼睛里的土
我没有看见土，我深爱泥土

我在通过土

我在通过土，土通过雨水
的时候微笑
我拒绝灵敏
有感有触的伸缩的手
我让我的双脚踩在空气中
暂时离开土

我明白
我在通过土的时候没有
经过土的同意我种下
大片不老的木薯、佛手薯
我花再长的时间，绕地球半圈
也没有通过土
我在玩一种探测式的游戏

我看见我的土倦了
蚯蚓在下沉的肥土中充当
卧底
观察那些长势不好的植物
与泥土的沟通。

还是使用草木灰的人那样理

性，

他们把枯萎的草木，烧成灰

藏进土地，让草

以另一种身份，修复泥土与蔬菜

的关系。

通过土，通过水，

通过"呼麦" 唱出内蒙古的

莜面地

瓦屋山迷魂凼沼泽地①

通过土，爱上土，

我过于理解阿尔贝·加缪

和

《西西弗神话》 中的

"西西弗推石" 的理由

关于时间性质

存在主义与经验主义

2020 年 11 月

---

① 在中国四川眉山市。

时间改变了泥土

你没有更好的建议给
你自己
你今日中午修剪了眉毛
你的"直属机构" 离开你
四处游离
你将头顶更大的旋涡
向一片仅存的树林前进

所以，时间都变得苍茫
了

你并不了解的时间
它悄悄地改变了泥土
水，和树，以及树
隐藏于地底的
树根
你是否要向孤独提出倡议？
你是否借咳嗽发出了怒火？

（她们一直看见你，你在你的

土里，试图改变
土的性质，你辛劳，你的
直属机构
寄来安慰 ）

你的上升
她们了如指掌
你的坠落
她们爱莫能助
她们赠给你的和泥土给
你的记忆
如黄昏，篱笆墙的影子
拖着夕阳的疼痛
你决定了
就在那一刻
你继续付出真情
再爱她们一次

你决定了恨你
在深爱之中深爱她们
在颤抖的深爱之中缓缓地
生出
你对你自己的恨意

关于黄昏，蔬菜田里的
蔬菜，大豆和沉睡的土，生锈
的时间

新搭的篱笆墙的影子
通红
土狗在树下溺尿
它们只能，乖乖地
绿

2020 年 8 月

致女儿

女儿
我怎么会是你的母亲
我对一棵树说：
我不认识你，我只是
在田野收割稻子的
时间摆好了一台玩具机器，
我对稻子说：我也
不明白以前
我也不认识你

我爱逗河里的鱼儿
玩
我爱你，你还在我肚腹中
的时候就诬蔑我
你头部向下，还不够
成熟的时候用小脚踢我的
肺
也就是你与我共用的
那一个脏器
使你我心连着心。你撑着

我的肚皮呼吸我时常
惬意。

如今
你日日减肥
你暗示我在回忆中，省掉
一节日子，我
可以做到
我曾逼迫你吃下大碗米饭
喂壮的身形，而今天你
刚刚成年就要丢弃
像一只鸟人
比鸟儿还吃得少，你
重塑的形体
对我如此陌生
你减去的那些肉，就像
裁剪掉了我的
心肝一样
你日日消瘦

我那么疼，我的心
我开始拥有站在，无人区的
孤独和反应，我疑虑

我只给了你身体，何时
给你钻石般的倔强
给你一个灰色的，胃

我决定什么时候离开你
我决定在什么时候"回去"
我不告诉你
我越来越不认识你，你
吃掉的那些游戏里的软件
会告诉你
有一棵树将不变地
站在那里

那棵已经开始慵懒的树
是你的母亲。

2021 年 9 月

番茄的样子

番茄还没有长大，细小的
叶子总是那么暗沉，它
完全没有信心，它
很难相信它的果实
可以挣脱渺小的束缚，它
总是在猜疑中先否定自己，再
肯定自己

"野蜂" 和菜蝶总是来扰，还
带来毒虫，当番茄日趋成熟
果实的味道从枝叶中溢出，我
选择用草木灰、石灰粉
将虫子按住
并警示它们：

没有芳香可以嗅
没有花蕊可以吃
更别
幻想下一顿

草木灰是驱虫剂，有时候还要
选择石灰粉，整个
番茄种植过程中，我还
编扎好了生动的
稻草人，让它们摇动着的手臂

驱走"野鸟"
我首选稻草人看护番茄的成长，让
稻草人做智趣的"代表人"
我作为一名合格的"菜农"

在野蜂与熟透的番茄之间
我仅仅只是"公诉人"

番茄的样子，不一样的番茄
她最后用红色昭示她的
"精神领袖"，她的爱人出场
她用温暖稀释番茄种植中
的孤独与
偏执

当儿女已经长大，她不需要
做几种解释

她明白为着情爱，虽然磨损了
原有的丰腴美，但是拥有现形的
存在感

2019 年 8 月

我的门

我要为我的门重新取一个
名字
它每天看着我离家出去
又疲惫颓废地回来

门的上方总是离我的脖子很近
离我的肩很近
我每次经过它我都感觉
它
拍了一下我的脖子我的
肩

我的门一直认定我是
马
暗示我要丢弃沉沦，保持
精神，健康
心情晴朗。惯用脖子推开它

我愿我的门是完整的
我愿我的门没有离开锁

我愿我的日没有缺口
我的钥匙没有离开我
哪怕我脖子以上
我脖子以下都是存活的
疑虑

我愿我的钥匙没有离开我：
我的门永不倒下来
我的门永不给我疑虑
永远有力地支持我的行走和
生活
每天看见我舞蹈跳跃式的
双腿
极力掩饰我脚上的尘土和
疲惫

日子漫长
岁月的城墙坚不可摧，我终将丢弃
我的脖子以上，脖子以下
关于如何"存活的疑虑"
接受我的门给我的某种启示

2020 年 8 月

日子不可以倒下来

日子不可以倒下来
如果我只喜好站在原地不动

我的耳朵长年是竖着的
我不认为它有躺下的时候

即使大风大雨
大船的浪花叫我
先记住江水

再记住湖水
我终是认为我的耳朵
一直竖着的
挣扎
日子不可以倒下来，为我
打开人生的钥匙似乎要
离开我
我看见日子在做逃跑式
的伸缩

我听见风，我饶恕了
一千种花的性格，
熄灭了它们硬塞给我的
香气，
唯独不放过紫色的喇叭花

我感知的朝气都是紫色的
连海洋在上午九时以前
都是紫色的
我用耳朵听我的爱人
穿过浪花的脚步声

我每天都将耳朵竖起来
期盼我的爱人永远都活着
我的双耳最先代表我的心
活着
我的心早已搬走
我让我的爱人在我心脏的
原住址上
存留着

日子不可以倒下来
日子不可以倒着过，

我乞求日子赐予我爱人

更多些爱意，

我希望我爱人心脏上

并置的三个支架

不要倒下来，

"日子" 伸手扶住他的手臂

拔掉他的潜意识里

长出的：想要自杀式的

白毛

日子不可以倒下来

即使日子一天天沉重

我也喜好站在原地

看着日子不变

缓慢地行走

2020 年 8 月

等待桑叶

我说我去等待桑叶，等待
蚕
等待蚕茧里表面枯死的宝宝
等待翡翠里的祖母绿
等待石头的含恨的溃烂

等待绿之范围
游走的，被接受
智慧煽动的
硬性的
绿之边界

我用盛满湖水的茶壶在，充满
孤独组织的茶室
与酒精燃烧的焰火
聊聊天，并用煮好的
剩余的茶水
清洗了杯子
清洗了
带着土腥味的

厚实的手心，包括手背

手指上的残忍

我惯用思念盗走茶水，将

思念从茶桌的边缘展开

又

一点一点地刻到了杯子上

用跳舞的指甲

剥开了杯子的皮

露出两片嘴

唇，咬

陶瓷容器表面，图案上的

花和肉

这一切被

杯子吃剩的茶叶

窥见所有

你知不知道

那个茶叶就是桑叶，是

等不来的绿，是

有毒的

蓖麻叶。桑叶的

锈汁常年浸泡过的杯子

常年被浸泡的杯子

就是她的

胴体

2019 年 8 月

朝花夕拾

是的，我是在去往东方世界的
方向
偶遇了一条河流的桥

河流罩着河水奔流激进
鱼都变成虫子涌现
我记得你与我一起
要去到河的对岸
而那时天色将晚
行人失色
时空不具备安全系数的
网

我们背着书包
由于惊恐河里的水漫到了
岸上来
我们解散了脖子上的红领巾
缠在手指上摆动

那时，岸已经不叫作岸

水边岌岌可危的草，一个
暴雨过后的世界
你与我的大胆
与远方吃草的牛

麻木不仁

这是要去到哪里呢？
我们的家在对岸吗？
……桥头的潘家院大队？
……谁是我的同伴？
谁陪伴我走上桥去，
又从桥上走下来
丢弃了半路的胆怯、惶恐
雨世界的
背景
与楔入

那些年代
暴雨冲走河堤
我们牵挂的是屋檐下的燕子
天空中来不及逃飞的灰鸽子
你总是让我忆起
祖母的碎语。祖母的轻视
说我是摘屋后苜蓿花的黄毛
丫头

我格外执着地忆起十岁时

我倒一碗大叶茶漏过指缝

慌乱的祖母

围着破布围裙的祖母

盛倒汲满雨水

的木桶

与麻木不仁的牛，如此

避开关联

大量的棉花云睁不开眼睛，你
非要指给我看
我说，没有痛苦与绝望是
永恒一族，只有
蓖麻仁的
仁籽和仁心

你与我是归根结底的同伴
让我猜你从土墙上挖来
小蜜蜂
时有几只蜻蜓的队长，列阵
你谈，你误认为那只
飞得最好的
雄蜂
有时候可能变成一只隐形的
蜻蜓
一飞进蜻蜓的团队，便旗帜
鲜明地
打破常规

你用少年的智慧倡导
我的傲慢
让我臣服做你的天使

你与我是同心圆
你与我是同伴
我还说过什么？
如今，如果你忙完了一切
你刚好是我的伴侣
你就应该快快娓娓道来……

你不该等待春天兀自美丽
你不该等待河水再次暴涨
你应该带着你来，你带来
你善意的欺骗，薄荷脑熬制的
口香糖
也好

你与他都是我的爱人，爱之役使
我终是去到了那里，造访了
一个远方的代名词
完成了一切。她们要做的事。
开始了无畏地跋涉与登临。

去到了物以内

开始了繁复不止的演说，收住了

"潋滟的谎话"①

潋滟的春光

潋滟的河水

潋滟的城市里，废墟里的羽毛

潋滟硕大，无边的

潋滟，潋滟的饶恕

2021 年 10 月

---

① "潋滟的谎话"为北大诗人胡子的诗句。

鼹　鼠

现在，我那么精致
我那么灵活
那么美
是因为，我撞见了你
鼢鼹鼠，你细眯的双眼善于
打盹

你打盹时闭上了你眼睛
你眼睛里长出来的
光芒
火速瓦解封了我的青色的
烈焰
在我撞见你的那一刻
你的偶并不多，她们没有
石油和火把

她们用芒果枝、荔枝柴生
炭火，她们的裙子没有
我的裙子
那么白

鼹鼠肯定也是你的偶
要不她怎么

高仿了你的灵活
在见到你的一刻
我将最长的白裙子撕开一条
长长的口子，试探你

我知道我仅限于此踱
步，绕着你
你从下一刻起会开始考虑
穿上我的半截裙子
当花布一样吃进肚里去

我不穿你带毛的外衣
哪怕是在沟通与交流中互换
信任

冬天就要来了
我同样还是害怕大火熊熊
害怕一不小心便引火烧身
诱惑她们的芒果枝
再次诱惑我

我深知你与日子

相互隐藏

鼢鼹鼠，鼹鼠，还

串通了袋鼠

她们是不是你的偶？

你们都来得没有消息

去得也

无影无踪。鼢鼹鼠

如果你确定鼹鼠是你的偶，以

偶的身份来看你

就麻烦你转告她，也将我那位

穿越于星云的

艳丽的偶

催一催

2020 年 8 月

灰鸽子

灰鸽子，我说：
你的翅膀不灰
你说：
我在预备晚餐的时候打碎了
鸡蛋
把一种情形，近似于鸭蛋的
咸蛋皮蛋一起
煮不出什么
味道
西瓜接触地面的那一刻
也就那么
裂开了
余下的日子我怎么过？
你来说说，我来
写一写
写一亿页信纸
一个像你家仇人似的爱
人
几只过去的虫子跟着
我

海那么辽远

唯心主义的人与遵循浪漫主义的

人

在陆地上

磕磕碰碰

灰鸽子

你能不能飞过大海，我来说说。

你说不清楚的一生，一生的麻烦

被帆倒挂在海上

今天我来说说

灰鸽子

我深知日子都有过错

他站在最后，陷入深思

今天的我不是昨天的我

她们把你的翅膀说成灰色

是她们饱含歉意的喊叫

你是你自己的兄弟

在意识模糊的时候

你也不能与自己反面倒戈

哪怕你并非你的"隶属"

你的另一个地位偏高的

"隶属",是一位

蜘蛛人

2019 年 1 月

与鱼跳舞

一

与鱼跳舞，鱼在体温

飙升的时候咳嗽

漫延至房间塑料花的

咳嗽

一布袋子的假珍珠

水晶汪汪

日子那么虚伪，那么

爱讨论真假，真实

简朴的大米

一直在锅里煮成白饭

你要去到那个位置，你去不了

你要去的那个活动中心，你

去不了

那尊正待揭开

要被展示的雕塑

正盖着红布

无人区正有人在

接受你

二

日子分为几小段
一天的日子：
早晨，中午，晚上
被刀切在砧板上几段
几种蔬菜的名词
那么有意义
无意义地急切需要
沟通

一天的日子
大概的日子的
新旧的程度
维系着大米煮在锅里
你的行走
是支持坠入的本意
锅那么大。你确有

煮掉了那么多日子
每一个时辰都不曾发霉

最后，你依靠幻想，攀

上形体的岩

上升

三

与鱼跳舞

鱼眼睛里长出的光芒

瓦解你的清澈

对于你的

思想活动组织中心

他以常客的身份到来

之后便永久地居住下来

一点都不神秘

如果有别于你与他之间的

众说纷纭

那都不是传奇

你在你的活动中心

展示他人的深层次的杰作

犹如策展你

日夜谋划得来的爱情

让爱情喂饱了孤独之后

一切统统逃跑

四

与鱼跳舞
鱼要我一点点拆卸
孤独的组织
在所难免
我将酒像河水一样倒掉
与谁有什么关系？
我将杯子扔在河里

瓶子还要先浮起来
你肯定有话要说
说我近日的概况

与鱼跳舞
与落地的橙子蹬破鼓皮
任山月下的梨花密积
鱼在岸上
你去到水中
假鱼在人群中游泳

与鱼跳舞

跳着史密斯先生①的剧本里的。

探戈、伦巴、恰恰

与鱼跳舞，

你事先备好了莱恩格瑞②

2019 年 1 月

---

① 指美国演员、歌手威尔·史密斯。
② 法国红酒品牌。

棋

我仍然在一张白纸上写诗
像二十岁时那样坐在窗前

只是棋手换了
我的思维仍声东击西
以炮轰对方是常事

安静的时候才想到
要点糖
我的棋手从不体谅我
把我当挂帅的穆桂英
从卒子开始
将骑着马的我　直追到
山顶上

我一直小看了他
一个真实的男性
高扬着马鞭
唱着我凯旋的歌

我决定从今天开始

不让他碰我，甚至
不让他过河
楚河汉界都是我的娘家
我想再嫁一人
那人绝不是他

因为
我与他狭路相逢
被追赶至山顶上
在高歌的山顶上
我遇见了一只千年孤独的
金色的凤凰

他也苦苦地寻找我很多年
延绵的山脉有迹可循
他还在他的诗歌里插了
永恒的一句

"月亮，燃烧着它的骨头"①
只因无法见到一个人
他的忧伤刻满了他的骨头

---

① 诗人祝凤鸣诗句。

已成黑色
并布满二十八年的灰尘

一盘散乱的棋子
被风吹到了河的对岸
成为一盘散沙
逐棋的女子正是
月光里骨头的肉身
他们从没进行过
雌雄同体

"月光，燃烧着她的骨头"
只能定为情诗

我的凤率千军万马过河
也只是为了真正的追求
马背向南而去的凰

他还点了一支烟
以明火燃烧路径

他很清楚

2021 年 1 月

两种茶

两种茶
两种姿势的流淌
像两个女人的形成

都以慈悲为怀

另一种茶
另一种偶得为次子

两种浸泡过的液体互为渗透
恰好锻造了一位刚性的男子

三十根指头
只弹五弦琴

有欲望的风
向哪边吹
都无关紧要
而且鲜明无比

你说两种女人好神秘

都是忧伤的实体兑现的承诺

以同一种花的命名

2021 年 1 月

隐藏的兽头

被压缩过的欲望
从一块饼干开始
蓬松过的面粉和水
有些糊涂

因为有些甜而渴望着
更多的糖

但也容易稍纵即逝

从食品到物质都遵循
一个规律
蛋白质的流失
直接导致了失败与隐痛

就像一个生命
他就要离去的时候
频频传来暗号
而你还不懂得调整

还不缩紧肌肉

还不接受来自宇宙的暗示

甚至不望一望

高处的自己

低沉的朋友

那么你

将只有看到

隐藏的兽头

2021 年 1 月

守住这座城

我是不是在不断地调整着
这些红薯和蟾蜍的关系
我的目光翻不过邻家的园子
又与天空隔离了

谁是静美的谁比静美更美
我从没有过的满意和陶醉
向上的树木
向上的鸟儿
都来维护这座城
我的被命定的
有着刻数的神秘乐园
所有的城民都是我　所有的我只能
向我倾斜和改变

在早晨　我必须向东转过身体
在中午　拾起忧郁的红薯藤
在晚上　让左脚回答右脚

既不是补充和填满

也不是到达和持续

这种皈依关系

要我考虑三十年后会有多少

好人和坏人共同来拆我的围墙

毁掉我房子的根基

甚至否定我

从前的居住是一种错误

把高大的橡树移往别的园子

让虫鸣也不对着我的坟墓歌唱

我已经不懂得幸福

这座城所能给我的

连同我的穿越

也是上一个世纪的事情

我在这个世上空无一物

我的爱情也很早就已给别人

所以面对以后的金菊和玫瑰

我有可能熟视无睹

并用歌唱来打断它们的开放

就像我在我园子里的过活

不是恢复最初的原有的

身份

而是忘记上升和堕落

祝凤鸣、岐山选稿，1993 年《诗歌报》第五期

我是马

我在一条道的尽头开始了行走
走到了黑夜的那一头

我把鬃毛和尾巴留在长河里
一步三叩首等待你的回音

你的归期里没有黎明
这世上没有哪一朵花开成
黑色的

你有几匹善变的马驹
在人无完人的演说里

你充当过父性的角色
高大与伟岸有时候等同渺小

你又立下了雄心壮志
要在桃花艳舞时归来

又要诞无数匹善良的马匹

理性永远在眼前刺激着智慧
你的桀骜不驯开始被逐出
自流浪的本性

远方始终指责你
没有去到更远的远方

黄昏始终指痛你
你没有绚丽的帽子
有没有能力在黄昏里写下开始

你一哭一把雨水
你一笑满口的灿烂

燃烧的云都被你浇灭过
一只重生过又要涅槃的凤凰

诗人们始终要远行
他们的归期和你没有许诺

你仰卧你嘶鸣你可以
用脖子推倒木门
时间永远是旋转的

你踩过众多母马的马粪
他始终不会再回来了

嘱咐我完成一场与奔驰赛跑的
飞奔
穿过殿堂饮下耀眼的光芒
都不折返

我要将过去统统斩首
我要将畏缩一一流放

湖水始终保持缄默
灯塔始终不愿关黑一夜的柔情

我的琴始终竖着
不愿躺下来

我是马
在开始与结束都不耷拉耳朵

1995 年于广州

我薄如蝉翼的信念

我仅存的薄如蝉翼的信念
过不了一条河的懵懂
我屈身
我推诿
我进入一场落叶的风暴
被席卷

进行剥皮
进行忏悔
进行捶打
进行重组

于一个光明的玻璃杯储存
一滴理性的露珠与真理

便完结一身

我薄如蝉翼的信念
注定要沿着
一扇门摔倒在单人床

我快速自醒

我敞开胸膛

我站着写诗

我将我的柔情全部抹皱

露出灰白的心脏

奏青灰色的佛乐度日如年

我纵使双腿一跃

也成不了他的凤凰

2021 年 1 月

城市的上空，飘着湖水

——游西关

睡莲多次打开它的沉睡

它们已经不习惯

躺下的姿势

野舟已经开始摆渡

湖水话别沉默

河姑身姿妙曼

我们选择背靠它们

对一个下午的艺术时光

进行

整合

我们众诗人同时诉说：

我们已经寻找到了一个

长久的

事实

我们从远方赶来

正在拥有

艺术花枝盛开的幸事

与深奥的湖水，并不多疑的
湖心
留影，表达了对时代的讴歌
以及对东坡的追思

我们
说得很清楚
我们在西关饱食了艺术
我们的身体随欲望满足
上升
之后变得轻盈

我们一直跳舞，被小号
萨克斯吹得更醒
当细雨轻落湖面
我们还借着诗歌的霓虹
沉溺于现代诗的构思

我们仿佛置身于望舒
的雨巷
在西关
将油纸伞取代莲灯
古韵再次归璞，我们与古诗人

进行邀约

城市的上空

开始飘着湖水

有时候我们看见自己的

影子

正在扩大

甚至膨胀，于是

便开始找到恰如其分

的突破口

这种时刻

诗歌被从脑洞里挖出来

如蚕丝拒绝泯灭

如阳光拒绝暗尘

众诗人感悟：

我在跳舞

他在摆动

西关是我们的西关

尘世是我们的尘世

西关赠予了城市

还赠予了我们

一双穿透
事物的眼睛

城市的上空不断地
涌动着诗艺的湖水

2021 年 4 月

西关私塾①

背靠着八根

十根竹子

坐下来

背后有至少三十位诗人

在进行喝彩

我很沉静

在西关

我的心里飘来一片片

东北的春雪

因为这别样的私塾

刚好

有竹

有瓦

这些都不是记忆的碎片

是真实的再现

---

① 西关私塾为西关人现设的文化街景点之一。

我坐在竹椅上
正负刚好五十岁

我的同桌在前世
或者是在此生
抑或趴在木质的窗户上
叫我的名

他们昨晚不背《三字经》
今天又去玩蝈蝈
先生用着老式的竹尺子
罚我发烫的手心

这些
我在今生又看到了
荔湖边上的私塾
我的过往历史的烟尘
又笼罩回来

不过
我写的是告别东坡先生的
现代诗
私塾屋顶的瓦被我揭开

扔在地下——
在先生打盹的时候

我也暗自伤神
唯一的同桌不来了
大蛇可能会回到院落
竹椅吱呀呀地清凉
我在竹椅上写下许多现代诗

同桌真的不回来啦
所有的诗歌潜进瓦缝里
最后一切全
逃走

我和满地的瓦

在哭

2021 年 5 月

我与私塾

今天荔湖有雨
纷纷渺渺
众同学无遮
只有油纸一把

上一世
母亲可能是三寸金莲

她追不到我
我穿行于西关小巷
学不会大家闺秀的
儒雅
身姿从不妙曼

母亲说我
过于男孩的性格
长在我的骨子里

上世的梦中我六岁时
私塾的先生刚好是苏东坡

或者是张九龄
上完课要去搬木头
帮助东坡筑堤治水

这些我能做到
因为先生是清风
在云以下种出四季葱葱
他身先士卒
以身作则

即使先生在西关只做过
一次游侠
偶留西关
但他的行为是书

油纸伞使我在西关怀念
东坡
先生苦于治水带不走的
氤氲之气
我们现代人早就打通了
时光的暗渠

排走的是废水

涌动的是诗歌

城市的上空

飘浮着诗艺的湖水

西关自此

没有了沉默

2021 年 4 月

敞开的玫瑰

1

我是静美的
我比静美更美
我还能从风中听出别的声音
比如蜜蜂向花朵倾诉
爱情的声音
树和鸟儿怀孕的声音
但这都不同于玫瑰
一只手采摘爱情的声音

2

雨把露水带到阳台上
这一刻工夫
玫瑰该构思点什么了：
蜗牛是否找回丢失的鼻子
夜莺的歌唱是否打动过情人
但这绝不和一个男人的

呼吸有关

3

关于玫瑰
我们知道了她存在的意义
并且熟知了她的个性和
颜色
而爱
来去匆匆
我们从没看见它

4

一朵玫瑰死了
她将游离我的躯体
这便是生命存在的一点点
回声了
只是她不应该知道
她已死去
正被活着的人怀念
她应该回到从前的阳光中来
把月季带走
像做一次旅行

5

一只蜜蜂能够将玫瑰怎么样

十只蜜蜂能够将玫瑰怎么样

十个男子中的

五种爱情能将我怎么样

我已经告诉玫瑰

我最后的爱情衣裳

只给他一个人穿

6

我的哭泣都是给玫瑰的

我的声音都是给玫瑰的

我的园子不打算改变

任何步调和格局

只为一朵玫瑰

一朵深暗的红

我愿等落叶带来

季节的脸庞

祝凤鸣、岐山选稿，1992 年《诗歌报》第十一期

我舞，我狂舞

1

只因为有太多的不如意
时光愚弄着错误
道路并排着
来去
任智慧的人
踩踏

你始终坚守
一种明亮
一种耀世的光

艳舞
是指从黎明开始写诗
一直写到暮色里
把一个人的一生
写活

与另一些鬼神通过的道路
说拜拜

2

我看见许多大师写诗
好像喝了些许的小酒
很细腻，很温柔
在纸上没有咆哮痛苦
只是暗暗地抒情

写一些杂乱的往事
他们也悲哀过

看得出他们拥有很大的成果
那成果
也是我的梦想

是菜马一辈子要收获的蔬菜
是菜马的田亩里
一大块

沉默的哑石

3

从树木爆裂之月
开始写
这是第一站
写到无垠的盲雪
四十七年前的湖北
落过很深很大的雪

母亲去雪地里拔萝卜喂猪
先要拨开三尺深的雪

她每一年都抱着冰冻的我
我三岁
我看得很清楚
她的手冻成了冰钩

根本看不清岁月的影子

雪带着独有的光芒
刺痛两母女哭泣的眼睛

我的父亲
始终很优越
在我陌生的城市里
自豪着

我踩着母亲深雪里的足迹
走了几步

而我一生都不能
自拔

4

我只是欣赏晚上十点前的月亮
再往后
我根本不敢看月亮的脸
很鬼魅

如果有人咳嗽一声
我不知道我还是不是我自己
我还有没有灵魂

尤其是想到

一场盛大的丧事
脚下开始摇摆

脚，不一定是脚

要想明亮些
必须先透过自身的寒光
并把微笑的牙齿露出来
才不狰狞

才不违背
始终信守的承诺
对自己
也要充满期待

5

优美的男性在岸上行走
擦亮了皮鞋
也有一部分喜欢

在水里游泳
拒绝着泳衣

他们鲜活得才像
月光里奔跑的兔子

一到晚上
跑到各自配偶的怀里
不知道是在领赏
还是在数落自己的一天

我始终在门里门外
自由地来去着

男性好神秘
像古树上最高的枝头
开放过的一朵雄性花的果实
我必须时时仰望着
他们的背影

高歌并且赞美他们

如果没有他们的衬托
我可能开不成一朵
完美的雌性花朵

一蹦出枝头
就必须先死

6

桃花喜欢蹿枝
明明前面已经有
许多刚刚开出的骨朵
后面又炸开了一大堆

争艳着比美
比实力
每每这种时候
我宁愿低着头
检查自身完不完美
不去奢望撩人的爱情

被第一位追求者
就拍死了爱情
像拍死一只苍蝇

他欺骗着他自己
还流下忏悔的眼泪

无所谓

我原谅他们的弱小

他们离开心中最美的那一朵

之后，他们并不好过

7

我心中始终有一座高山

我在山脚下行走多年

一直在暗暗发誓

让它回到我的位置

我们互换

不接受朱熹的抒情

不指出：山高月小①

我要从子夜就出发

穿过一整夜的黑暗

要赶在黎明到来之前

到达月亮的对面

---

① 出自苏轼《后赤壁赋》中的名句："山高月小，水落石出。"后被明朝朱熹引用。

8

我的至尊走了
他出生在樱桃变黑之月
印第安人的八月

有一根桃树冒出了
成群结队的桃胶
那是我祭奠至尊的眼泪

这世上所有的桃胶都是
他也有一个"桃"字
与生俱来暗藏的桃
作为暗线

如明灯照亮我的攀岩
直达神秘的宫殿
我并不孤单

春季蟾蜍传递着潮湿的信息
我与他写过同一首诗
对拒绝潮湿的蟾蜍

进行过赞美

那一年我二十二岁半
至尊不到三十岁

9

我用舞蹈调整着自己
面对如潮水般涌来的感情
我经常
直接跳舞

我只是除了厚重的外衣
还有一层肉色的内衣紧裹
在男性的格局里
我避开我自己

并向宇宙证明
我并不仅仅只是一位女性

我不需要忏悔
我一直都很清醒
我带着神性

我经常闭着眼睛

测算一整个世纪的风雨

形同皈依

10

我舞

只要一位刚刚逝去的诗人

能够醒来

我舞

舞断掳走他的妖怪的头颅

我舞

我烧毁了

一大堆精心赚取的烂经

我舞

我舞成了垂头丧气的蜘蛛

我舞

我确实在早年就舞掉了

大小合适的原配

我舞，我日日众叛亲离

我舞，我日日倒走

我舞，我日日背着我自己

我舞，我日日与道路发生

冲突

我舞，我舞成了一只

绣花鞋

在最爱的人的心上演奏

死亡不经过坟墓！

坟墓不接纳骨灰！

我舞

我狂舞

我艳舞

我的双肺裂开了

我应该舞来原配的骨灰

兑几瓢深埋地下的井水

畅饮至体内

深爱过的人应该以这种方式

合体

永久的睡眠

告别深渊

2021 年 1 月 25 日

我是无

我毁过幼鸟的巢
我摘过稚嫩的花蕊
我纵过火烧自家花园

我欺骗过一条好不容易
爬到岸上的鱼
我撕过嫁衣
母亲，我看见什么就毁掉什么
我注目于什么，
什么就披上死亡的黑色

我渴望着他向我走来
他偏偏选择相反的方向
我没有救世主
我几次倒在失落里
我做过一个没有希望的巨婴
母亲
我最后没有希望

我的弟妹们都荒凉不已

因为争夺过几只夏天

深奥的蝉壳

最小的妹妹终身脸色乌青

母亲

我开不成花朵

不具备十二种花的颜色

我不渴望到手又自行

远走的果实回来

我不是桃

我的天质与善良不能入围

我

我被果实的影子束缚

我不在核里

我

甚至不是一棵树

他可以爱我，也

可以不爱

他可以选择在走向我的时候

同时又离开

母亲，我拽住你

我只对你说

如今

我不是桃

我很早就持着

单冷

你生我的那个凌晨四时十分

注定了我的

入尘

又携来我的出尘

母亲

我不是桃

我不是你生下的一个桃

我至多只是一个冥顽的

精灵

而现在

我最多也只是一个

无

重大的

无

或者最多只是一本书
腐质于首页

正在
被接受着赞美的欲望翻篇

1993 年 9 月

子夜轻诉

船

我在你窗户上糊的白纸

防御些什么呢？

冬天过去

春天早已来临

花瓣躺在花蕊里

火以及爱情与水都这样近

我不能设想

我的歌声是怎样越过

阳光的脉经

来到你的房间

迎合你的呼吸或者歌唱：

我掩埋一切声音

却又听见一切声音

并且最终

要把你遗弃的灯

用液态的目光

点燃

穿过葡萄园

我是温柔的

穿过海和海上的城市

我是寂寞的

和你靠近

我实在是在向

某种纯粹靠近

我的屋子只能居住我自己

我的声音里曾

只有我自己出入的声音

善良的葡萄憔悴的

葡萄也不能打动我

如今背负苦难的心灵

我从阳光中走过

只留下一个我自己

我从月光中回来

奢望能够看见你

不被爱情打湿的眼睛

已经歌唱过了

我带着这种歌唱

如画家背着画夹

他们首先穿越自己的山冈和灵魂

燃尽生命短促的草皮

在你面前

我是以这种歌唱的姿态

消灭世俗和偏见

直到把你的园子打开，

看见风怎样潜进

灵魂并强装：

一个人从不知道

另一个人内心的

秘密和

渴水的声音

爱情能否自如？

我们屏息而倾听

猎人穿过栅栏的声音

最后

我们肯定能带着我们自己

回来

在小鸟回家的时候安息

那么

巨大的爱情天空之中

友情是不是只是雨水

飞翔时的

一小片云

被一件嫁衣打开又穿上
至极限我将是
一扇女性的门
在夜歌之中首先熟知
一个人的生辰和习性
并把他爱的花朵移植
他的掌心
向我的生前
急急靠近

那么
我的忧伤该是只小蜂鸟了
它带着我全部的美丽和错误
在你完美的宇宙之中
飞来飞去

我握过了你的手么？
其实
我只是在许多年前
在一片芭蕉叶子里
探寻过你羽毛一样

飞翔的太阳

而你要挽着我
挽着夜色和迷离
把我的裙子打开
把我的果实打开
虚掷春天和她的
爱情布局
我只是一个局部
一个符号
在你身体的某
一个地方裸足
一个夜晚
一个夜晚的灯火
死去又燃尽
却没能
把爱情点亮
在落花之中追求自身
另一半的完整
并且，删去潦草的天空和
深邃的欲念
那么，船
我将是睡去的一半

或者

醒来的一半

纯洁

我女性之中的男性早已消失殆尽

在

从今的往后

我也不是温顺的鹿群中的一只

我就是一粒文字

一粒黑石

她曾和你前世某本书页中的

标点相似

在结局或者

开始的时候

带着世界

和世界的预言

与你的硕大和无边

在空夜之中

徐徐坠落

我要你残剩的部分

用爱收买你的灵魂

然后邀来燕子

啄你获得我之后

就不太完整的眼神

只给你一只葡萄吃

只给你一个夏天

只给你一个

指头和一次爱情

拥抱你

整个天空的雨水和蔚蓝

1992 年 6 月，第一次发表于《江汉文学》第六期，
梁文涛主编

情人的睡眠

之一

情人
我逐日看见阳光都
消失在水里，
风吹着树叶
所有的鸟儿都与黄昏无关
与我居住的小城无关，
与我恋你的情绪无关

我把手放入风中
我的手被风割伤，
我把手放入水中
我的手被水灼伤
你在哪里？
为何不伸出你的手臂
盖覆我手背上的火焰
把思念你的影子从水中
取走

之三

我为什么反复歌唱

的果实

开红花结红果的爱情

冥想一些枝头碰撞

出来的幸福的声音

而我只是在你的栅栏之外

音域之外

敲击一些陈年的乐器

又看见叶子无时不在

消逝着冬天

我不能成为你的

一片飞翔的羽毛

或一滴浓于水的

滴液

而伤痛。

之四

你是真的属于我么？

这是不是梦中的

一个更大的梦

荒芜之地开满鲜花

臆想之中的结局

落雪深深

我知道我的一只眼睛

被你占据

看不见舞蹈的阳光和月影

另一眼睛再也

无法聚积自身的光源

看清自己

就这样

我睁开的双眼被你的

爱情蒙饰在光亮之外

我无视一切

成为盲人

之五

谁是使我一分为二的人？

使我不但在

水中看清自己

歌唱山顶的家园和

奔跑的鹿群

我试着与自己分开

与居于灵魂之中的你分开

最终只扒开灵魂的甬道

看见潮湿的夜角：

我的衣裳落在雪中

我的十指凌乱不堪

情人

失去你的爱情

我体内的积雪

是否将永不融化？

是否将只有我自己的

火焰炙烤我

湿漉漉的灵魂

而寂寞而疼痛

而更加向往你季节的果实

而最终一败涂地？

之十

我可以不要燃烧的星空

健美的候鸟

风信子以及

鸢尾花

在我被自己的欲火

燃烧成为灰烬的时刻

我可以不要自己身体里

最深沉的部分

但是我不能不要

你身体里为我

睡去的部分

醒来的部分以及

等待点燃的部分

情人

我的一切都只能在

你的一切之中

睡眠

之十一

不握你的手

如今

我要吻你

由你灵魂里

为我停泊的船只

为我栖息的岛屿里

暗绿的海

我要忘掉我是个赶海的人

从最初的女人身边

走开也忘掉

我是个女人

是个被你痛爱着而又被你

拒绝着的女人

我要在你的阳光之中

饮水

吃下最后一枚果实

把核在你的胡须

之外远远扔开

然后伸出幸福的双手捧

你更大的果实

读你喘气的眼睛里

明亮的呼吸

而黑色的花瓣就

这样毫不掩饰地

敞开

1992 年《诗歌报》第 3 期，巫蓉选稿

蒲要我们写诗

蒲要我们写诗歌
它要我们这样写
它要我们那样写
写它站在湖底

站在水底的经历
像一个人的经历
像许多人的经历
也像树

一年披一次绿
只是在冬天
蒲老去干枯的时候
它的叶子一直没有
离开它

它的姊妹
一直没有离开它

用蒲编席的工匠需要它

蒲在工匠的手中经过
完美的编织之后
它在夏天

作为驱热
驱夏
仅次于干燥之物的
爽快之物
与我们完美地度日

一张蒲席
两个蒲枕

2021 年 1 月

蒲参与了时间的漫游

它参与了时间的漫游
它索性一直站在湖底
告诉我以外的人
它热衷于生
另一种生

它热衷于繁殖
它等待我们从湖底去找
它的精确部分
它让我们明白
我们之间的取走能够
完成它在湖底的
它的家
并留宿在此

蒲将会带更多的它
自己回来
因为我们已经打开了它
与季节之间的那道
虔诚的门

蒲死去

干枯之后
交由他人
成为蒲扇
把风刮走

我从未像花

我从未像花
即使开过
也只属谨小慎微的冰蕾
我从未渴望得到也
从未对自我展开救赎
蜷缩在冰以内

我从未行走，像风一样洒脱
允许自然在我的头顶笑过
我从没有过家，即使
我的精神家园看似繁茂

我始终承重
郁郁寡欢
悲悯向上
击着水
强调着云，使道路生锈

使弧度弯曲
使旷野有垠

我有被光捣碎的时候

我有被水吞噬的时候

我有嫁与旋涡的时候

我与秦朝相克

我与汉朝相融

我与宋朝渐离

我与楚都就近

我与爱相悖

我与情相割

我认识我

我有被追悼者以花的名誉

借用过

我有站在棺盖周围的经历

我有从棺盖的周围

填进棺内的历史

我有被活埋的时候

自梦中苏醒时

我有双脚踢踏棺盖的时候

我并非花朵

房　间

房间一直未知
一直敏感于空气的流动
四面都有壁
四面都有昂贵的枪

床似不牵制你的物体
它只是个证明，证明
你每天亲近它

是因为你还有一口气
如果有一天你要与，这个
房间决别
那这个床
还是随你消失
你不能在你死后
将你睡过的床，留给
活人睡

半夜，谁都会想象得出
并且听得见你，磨蹭牙齿

的声音
偶尔有一根头发从
床垫与床板
之间站出来
那时候
你叫作，不速之客

房间也就是你，活着时的
棺材
房顶一直是有温度的
棺盖
灯泡只是一种器皿
盛着你活着时候需要
的感知
最多
也只是提供隐证

你的同伴需要吃光
窃窃私语时来过
你们两个人抱在一起
床
从来没有发过火

如果一不小心
你去到那边
床也就真正地死了爱情

房间也就是一个活棺
在许多证明下证明
你尚不惜一切余力搬动着
今天
你尚在纠正着行走的姿势
说明
你幼时吃过母亲
的奶
奶，还在起着重大作用

猪 舍

教授们一再传授经验
将猪舍建在山腰上
每栋每栋呈梳齿排开
猪栏不超过两米

山峰间一排排的凉风吹来
我们宿舍也建在猪舍的
隔壁，按照教授指导
现代猪的饲养方法
猪长时间不能缺料
食槽边装着
慢滴的自来水龙头

我的猪似永远可爱的婴儿
它们吃几口饲料
又张开嘴巴去接
像雨水一样下垂的自来水
有些吃饱了就去躺下
有些在宽敞的猪舍里
走来走去地玩耍

有时候去拱那些想进行
交流的同伴

它们还哼着歌
开心与否，健康达不达标
都在它们走路的姿势里
它们的耳朵是两个逐渐
长大的巴掌，要扇得动

能配合它的哼唱构成
完美的模样
猪成为我的密友
我经常被我的猪感动

它们每一只
不超过一年的寿命就要仙逝
我曾一百次不择日
不定日地向一个猪头发出疑问
为什么要没日没夜地
吃到肥胖

用尖叫的声音哭着
喊着走向死亡

而我

我并没有要它们为我

带来面包

猪在苦行

猪在很高的位置上苦行

在骏马离开战争的

年代开始之前

当现代的牛不再为辛劳的耕作而

喝下一大摊泥水时

机器代替一切苦力

猪

还没逃离

还在很高的世界里沉思

猪乐于奉献自身的美味

给人类

从不给自己以牙还牙的机会

猪很明白生和死：

生，不完全是生

死，不完全是死

肥胖时没有发出过一种

抗拒的声音

不像人的多余

奢侈时要人们长久地呵护

还要用很多种赞美的方式
很多种讨好的语言去安慰

猪实际上是无语的
从母猪极其潮湿的
子宫走出来
胎盘和胞衣都完全奉献
给美味的
餐桌上的味蕾
在哪个朝代里猪都是一样
的禀赋

偶有几只被洪水
冲到下游
避身杂草丛得以存活
最后不被人们抚养
永远逃避了圈养的猪
去到山上繁殖 N 代过后
改变猪头
嘴呈尖刀形，它们

拱山洞里的土
又拱山下的白菜

健步如飞

尖刀形

成为野美猪

叙述猪

猪稍微抬起头
抛开眼前的阴影
等姐妹一样的同伴来轰
等父亲一样的爱人来哄
早餐

猪独占鳌头
白白的身子透明的肉
微红的血管
一条腰
支持头尾有节奏的摇动

那年我在看着它们成群
结队上了磅
进入了长长的苏渝川的车牌的
挂车尾之后
驶向不同的城市

转头看看空空如也的猪舍
我砸了

验钞机如今

仍有众多的怀念像虱子

一样刺我

在宿舍的每一扇窗子面前

我都向最远的方向注视

希望能看见那些可爱的猪的

再生的面孔

在每一碗白净的米饭面前

我都叫一声

你好：

亲爱的猪

鲁牌大卡车的尾厢曾

满载着我

挚爱的猪的主粮

我对你们今生的访谈

竭力思索已经遁入了

赞美的废墟

词语的废墟

在朝朝暮暮的顿醒之中

我要为我的猪曾经来到

而坚守了一个方向

用诗歌祭奠它们的离去

朝着它们不再回来的方向

番 茄

在时光中颠倒徘徊

叶子很小

如母亲纳布鞋的头针

食指边上的血泡

爱上番茄,从那一刻开始

直到此后的模糊的言论

自启蒙开始

圣洁的女孩

一直在番茄中微微笑,番茄

一直延伸着

我与母亲之间的感情

多少个

番茄的叶子始终很细很小

之后是老师严厉的戒尺

小心谨慎的午饭

酸中

带着一丝甜的番茄

母亲哄着我年幼时许多无奈

爱哭的情绪

如果我肯在岁月中低头
那么就请回来
我要我的母亲答复我
在一只剪好了鞋样的
棉布鞋样里
能够装下
来年春天里结出多少
个拳头大小的番茄？

我在很多角色里逃跑

我在很多角色里逃跑，我
不给他们或者
她们以称呼的机会
我，只准他们见面说：
喂，嗨，要得，
着地……摇头等叫号机！

我自我命名为母马
如崖边的蜂族
心情稍微敞亮时
择时择日
撞上须臾的向日葵

我丢弃很多身份
不求面子光滑
最喜欢墙的
奥秘
墙的威严正直

我把我的想法交给了房间

房间又交给了墙
我把我的此生都交给了墙
心里慢慢平复了陡峭
与绝壁

我不接受他们对我的称谓
包括对我现实之中的称谓
一旦被我听到
我就好像躲进了云宫
很久
身着九色衣裳
举目无亲
我永久地自闭
而出不了
宫

玻璃心

在透明的时候要选择
被看见
你看着步步紧逼的日子
不能只拥有湖水一样的清澈
我学会孤单时
不去牵制住一只猫的爪印
一只他人的爱犬
注视着过于清白之后的我
我学会了和自己说话
演戏
渴望玻璃回到屋子里

我最好不纠缠着
你的影子
在无辜的明天成像
能不能活过今晚的月亮
长短不一的光

我活着的时候能不能
被一个永恒的光照耀

想象成为具有

硬度的心形？我期待

成败得失的语言

让缺血的心脏

快速转动

复活

不能

绝不能一触即破

玻璃

我学不会你的冷冰与孤傲

我进入过煅烧你的熔炉

我目睹过你的水里有寒冰

我目睹过你的寒冰里有冰柱

而我

连一朵小小的冰花都不是

图书在版编目（CIP）数据

我的钥匙没有离开我 / 菜马著. --武汉 ：长江文
艺出版社，2022.6
ISBN 978-7-5702-2631-3

Ⅰ．①我… Ⅱ．①菜… Ⅲ．①诗集－中国－当代
Ⅳ．①I227

中国版本图书馆 CIP 数据核字(2022)第 054419 号

我的钥匙没有离开我
WO DE YAOSHI MEIYOU LIKAI WO

责任编辑：王成晨　　　　　　　　责任校对：毛季慧
封面设计：李　鑫　　　　　　　　责任印制：邱　莉　　王光兴

出版：长江出版传媒 ｜ 长江文艺出版社
地址：武汉市雄楚大街 268 号　　　邮编：430070
发行：长江文艺出版社
http://www.cjlap.com
印刷：湖北新华印务有限公司

开本：880 毫米×1230 毫米　　　1/32　　印张：6　　插页：4 页
版次：2022 年 6 月第 1 版　　　2022 年 6 月第 1 次印刷
行数：4092 行

定价：56.00 元
